こころのことば

Sonaka Sato
佐藤蘇菜香

文芸社

こころのことば

たしかに
あの頃の私は
「恋をする」ことが全てで
「恋をする」ことに一生懸命でした

あなたは　どうでしたか？

「大　人」

いっぱい　いっぱい　涙を流した後の自分は
生まれ変わったようで　切ないね
悲しみを乗り越えたとき
自分は少し　大人になる

たくさんの悲しみに出会って
それを乗り越えていく度に
自分は大人になっていく

やがて
ひとりでは乗り越えられそうもない
悲しみに出会ったら？
それを一緒に乗り越えてくれる人が
きっとどこかにいるはずだから

いっぱい　いっぱい　恋をした
自分は大人になっていく

「私からあなたへ」

雨雲がでてきた
風も吹いてきた
雨でもふるのかしら？
でもそうだとしたら　私には好都合だな
雨と一緒に　涙を流すから
この悲しみの涙を　雨と一緒に流して・・・

もう降ってこないでね
悲しみの雨は
悲しみの涙
あなたの上にも降りそそいでいるでしょう　これが最後の
私からあなたへの贈り物

「旅」

旅へ出るのは私
あなたは絶対に行かせない
旅へ出るのは片想い
あなたが好きでたまらない
旅へ出るのは恋
そうして私は
あなたを忘れ　恋することも　忘れる

いつからだろう
いろんな事が　当たり前になっている
手をつなぐことさえドキドキしていたあの頃
なのに今は
あなたが私に何かをしてくれることさえ
当たり前になっている
一緒に居る時間が
どれほど長いか証明している

「ｚａｎｋｏｋｕ」

恋には色々な種類があるようだけど
本当は全部　一緒だと思う

恋のしかたはそれぞれ違うけど
結局　誰かを傷つけたり犠牲にしたり・・・

恋って残酷です

笑顔です
毎日笑っています
そうでもしないと
自分が不幸な少女だと思ってしまうから

どうして君は　僕に笑いかけるのさ
僕はつらいだけなのに

「風　船」

あなたに会うと
胸がパーンと弾けるみたいな気持ちになる

結びつくこと
それは大変なことだったのに
解けてしまうこと
どうしてこんなに簡単にできるの？

別れなんてあっけない
付き合っていた月日なんて関係ないくらい
別れなんてあっけないもの

「♂と♀の方程式」

♂と♀の方程式には
あらかじめの答えがない

♂と♀の方程式を解くのは
自分自身　彼自身

例えそれが
プラスになっても　マイナスになっても
それは自分自身　彼自身が出した答え

♂と♀の方程式には
あらかじめの答えがない

友情だとか優しさだとか
それは結局
彼女を苦しめただけなんだね

「霧」

霧の出ている朝が好き
霧に包まれ　あの人を避けて学校に行けるから

私はあの人が好き
だけど　あの人を見るのが辛い
見れば見るほど片想いが膨らんでいくから

だから私は
霧の出ている朝が好き

会わなかったね
会えなかったね
会いたかったよ

仕方ないなんて
嫌よ

「悪魔さんへ」

もしも悪魔さん
あなたが本当に存在するのなら
大好きなあの人を　私の心の中から消して下さい

あの人の笑顔を見たくないの
声も聞きたくないの
あの人のために流した涙も枯れてしまった

もしも悪魔さん
あなたが本当に魔力を持っているのなら
私の魂を　あの人の心の中に入れて下さい

壊れてしまったガラス細工のように
私のハートも壊れてしまったの

あの人のために伸ばした髪も切ってしまったから
もしも悪魔さん
あなたが本当に存在するのなら
大好きなあの人を　私の心の中から消して下さい

「遠くから見てるだけでいいの」
そんな子の気持ち　わからない
遠くから見てるだけなんて嫌よ
遠くから見てるだけで終わってしまう恋は嫌だもの

「ゼロから始まる恋」

ゼロから始めようよ
ゼロからだよ
恋はゼロから　何もないゼロから

その人のこと
ひとつでも知ってたらダメだよ

ゼロから
誰だってゼロから始まる恋

あなたの名前が呼びたいです
口に出して　呼びたいです
あなたの名前を呼ばせて下さい

#「占　い」

「全国の獅子座の女の子さん　週末には好きな人から告白されますよ」
そう占いに書いてあった
でも　そんなわけないでしょう?
「好きな人」からなんて・・・
だって　相手は私の気持ちなんて知らないんだから
そんなわけないよ

あなたのこと　何も知らない
それでも好きでいる
もしかしたら　あなたに彼女がいるかもしれない
それでも好きでいる
あなたのこと　何も知らない
だから好きでいる

「世界で一番むつかしいこと」

おひさまのような笑顔　私にください
やさしい声　聞かせてください
あなたの髪にふれたい
あなたの心にふれたい
でもそれは
世界で一番むつかしいことだから

もしもあなたが
愛する人をちょっとだけ間違えてしまったらどうしますか？
自分の心にウソをつきますか？
それとも
自分の心を素直に認めますか？

「こころの目」

山が　見える
道路が　見える
建物が　見える
大勢の人が　見える

この位置からだったら
すべての景色が見えるのに

あなたは　見えない
あなたの心は　見えない
あなただけ　見えない

「傷とウソ」

傷つかないためのウソならいいけど
傷つくだけのウソならいらない

ウソは
人のためにつかないほうがいいよ
恋は
人のためにしないほうがいいよ

「知ってること」

あなたが私にとって　大切な人であることが
あなたには分からないかもしれないけれど
私には　分かるよ

本当に好きじゃなかったのかもしれないって思ったときが
本当に好きだったときになるんだよ
私はね

会いたい　会いたい
会いたい　会いたい　会いたい
会いたい　会いたい　会いたい　会いたい
・・・・・・・・・・・・・・・・・・・・・・
何万回想っても
何万回言っても
「君に会う」という偶然は
ないような気がする

あの人を好きということに
理由などありませんが
あの人と別れる日は
理由があってのことです

彼女は恋をしていた
3年前　初めて出会った優しそうな男の子に
恋をしていた

今でも思い出す　彼女の悩み
この悩みは　私しか知らない
彼女のすべての悩みは　私しか知らない
私のすべての悩みも　彼女しか知らない

彼女は恋をしている
3年前　再び出会った優しそうな男の子に
再び　恋をしている

「できない恋」

あなたのような恋は
私にはできない
あなたのような　せつない気持ちは
私には　ない

あなたがそこまで彼のこと想ってるって
私は思いもしなかった

「スピード」

誰か止めて　１００㎞以上のスピードを
カーブがあれば　あたしは落ちるわ

誰か止めて
あたしを愛して

「待つ日々」

桜が咲いて散るまで
待ってるから
桜が散ってしまったら
私も散ってしまうから

桜が咲いて散るまで
待ってる

「幸せな気持ち」

窓から向かいの教室を見て騒いでいるクラスメート
真っ赤な顔して　でも喜んでる
私にはもうできない事だから

今日も懐かしい風景見るように
幸せな気持ち
わけてもらう

「ささやかな反抗」

いわゆる「常識」というものに背を向けて
あなたに会える今日は　私が変わる
あなたが私を裏切ったように
今度は私が
あなたを裏切る

「恋の罪」

恋をすれば　君にもわかるよ
好きでもない子に
優しくすること
笑いかけること
すべて大きな　罪だってこと

「好きの範囲」

誰か「好き」の範囲　教えて下さい

どこからが「好き」で
どこからが「好きじゃない」のか
分からないから
あの人のこと「好き」なのか
あの人のこと「好きじゃない」のか
分からないから
誰か「好き」の範囲　教えて下さい

「こころのささえ」

彼女はいつも　笑っている
だけど
彼女はいつも　泣いている
彼女の心のささえは
きっとあの人に違いない
あの人と離れてしまったら
彼女はどうなるんだろう？
心のささえが　なくなってしまったら

「ひっこし」

ひっこし　ひっこし
遠くへ　遠くへ
ひっこし　ひっこし
誰も知らない　あの場所へ
ひっこし　ひっこし
あなたを忘れるために
ひっこし　ひっこし
けれど悲しい　おひっこし

お家も
公園も
学校も
お友達も
あの場所も

あなたも

さよなら　さよなら
おひっこし
さよならするのが辛いから
まだ誰にも言ってません

かなしい　かなしい
おひっこし

「今、この時を」

今、この時を忘れない
この曇り空も
この肩を吹き抜ける風も
この道も　この服も

今、この時を忘れない
この自分の気持ちを
あなたが好きと気づいたこの気持ちを

今、そして明日も　これからも
ずっと　ずっと　ずっと
この気持ちを忘れずに

今、この時から
どうしようもない恋の始まりを
今、この時が
私に告げたような気がした

「ウソとホント」

どうして今頃になって
ホントのあたしが　意地っ張りのあたしを虐めるの?
忘れさせてよ　あいつのこと
忘れたくないけど　もう会えないんだもの
そうなってしまったんだから
忘れさせてよ　あいつのこと

「葛　藤」

何が正しくて
何が正しくなかったの
何が楽しくて
何が楽しくなかったの
何も言わない
辛くなんかない

「一生懸命」

あの人と私が出会ったのは
神様の悪戯ですか？
あの人と私が付き合ったのも
神様の悪戯ですか？
あの人と想い出をいっぱい作ったのも
神様の悪戯ですか？
あの人と私が別れたのも
神様の悪戯ですか？
そして
お互いにまだ微かな気持ちが残っているのも
神様の悪戯・・・ですか？

ゲームのコマのように
私たちは進むけど

ゴールはあるのですか
ゴールのないゲームなら
私たちが見つけてみせます

神様
私たちは　いつも一生懸命です

「あなたと一緒に」

虹を渡って　その向こうの国へ
あなたと一緒に行こう
誰も知らない国があるのなら
誰にも知らせず
あなたと一緒に行こう
どんな困難があっても
あなたと一緒に　向かって行こう

「追うものはきれい　追われるものは不思議」

サッカーボールを懸命に追うあなたが　誰よりも光ってる
私の視線に気づいてる？
いつも見てるのに　あなたはチームメンバーとサッカーボールしか見てなくて

サッカーボールを追うのはあなた
あなたを追うのは私
私を追うのは時間
追うものはきれい
追われるものは不思議

お金じゃ買えないあなたの心は
誰の物でもないのなら
あたしが地球より大きな愛で
あなたの心を　奪ってしまおう

「偶然の力」

あなたに偶然会いました
笑顔に偶然会いました
声と偶然会いました

偶然会っただけなのに
何かの力と思ってしまう・・・
そんな私が
とても好きです

「四　季」

春
あなたとの出会い
初めての恋
初めての苦しさ
初めての会話
気づいたとき　あなたはいつも側にいたこと

夏
あなたとの教室
同じグループ
同じペン
同じテーブル
毎日プールに通ったり　海水浴に行ったこと

秋
あなたとのデート
感動した映画
感動した話
感動した言葉
あなたとケンカをしたこと

冬
あなたとの場所
待ち合わせた場所
別れた場所
キスをした場所
数え切れない場所がある

全て四季が知っている

「迎えに来てね」

空の国から迎えに来てね
いつでも飛び立てるように　用意は出来ているから
空の国から　迎えに来てね

海の国から迎えに来てね
いつでも進めるように　用意は出来ているから
海の国から　迎えに来てね

地上の国から迎えに来てね
いつでも暮らせるように　用意は出来ているから
地上の国から　迎えに来てね

わがままの国から迎えに来てね
わがままの国にいる

わがままな私を　迎えに来てね
もうこれで最後だよと
あなたの口から聞く前に
私の口から言いました

「砂の城」

ちょっとやそっとじゃ崩れないわよ
例え　砂の城でも
これからが
本当の勝負どころ

あなたのことなら何でも知りたいけど
すべて知ってしまったら
そこで終わりね

「恋　心」

好きだけど嫌い
あなたは好きだけど
あなたは嫌い

好き　だけど　嫌い
とっても好きだけど
消してしまいたいくらい
嫌い

「優しい人」

あなたの最大の罪は
その優しさ

私を傷つけないようにする
その優しさ

何を恐れているの？

「壊された心」

今思えば　すごく馬鹿馬鹿しい事なのに
あのときは　それが私の全てだった

どんなに「ワガママ」でも
それがあなただった

こんな当たり前の事
心が壊れるまで
気がつかないなんて・・・

「求める人」

次に好きになる人は
きっと　前に好きだった人に
どこか似ているはずです

その次に好きになる人も
またその次も　次も　次も・・・

「チャイム」

今ね
私の心の中で　恋のチャイムが鳴ってるの

リリン　リリン　リリン　リリン

いつ鳴り終わっちゃうか分からないよ
いつ止まってしまうか分からないよ
あなた次第なんだよ

「テスト」

英語のテストは大嫌い
だって単語が覚えられないんだもん
だけど　あなたについてのテストだったら？
・・・きっと全然わからない
わからないよ・・・

わがままジュリエット
もう二度と顔を見せないで

「微笑んでいて」

笑っていたいね　お互いに
涙するぐらいなら　笑っていようね

そしたら　幸せくるのかな？
私たちに　幸せくるのかな？

笑っていたいよ　あなたが居なくても
いつか　あなたに笑顔を見せれるように

そしたら　想い出になるのかな？
辛かったことも想い出になるのかな？

笑っていようね　お互いに
自然に会える　その日まで

「可哀そうな人」

気づいてないんでしょう?
可哀そうな人ね

私を騙す勇気があるのなら
自信を持ったらどうなの

嫌いなフリなんてやめて
会ったときの嬉しい表情が
何十倍も輝いて見えるから

そうやって自分を押し殺しても
やがてその気持ちに殺されるよ

可愛そうな人

「笑顔を探して」

優しいね　あなたは
いつだって・・・
あの日はいつも笑ってた

優しく　優しく　暖かく

あの笑顔が忘れられないよ
だからかもしれない
あなたの事　好きでいる

どこかで笑顔を探しているの
最近見られなくなった
あの笑顔を

「約　束」

「約束」の度に二人は繋がっていき
「守ろう」とする気持ちは　真剣さの証

時に「約束」は重荷になるかもしれない
「守ろう」とする為に　ウソを重ねるかもしれない

でも「約束」が支えになって
「守ろう」とお互いが強くなっていく

そうして
最後に交わす「約束」は
きっと　愛の証

「オアシス」

どこまでも続くこの道を
どこまで歩き続ければ
あなたという「オアシス」に
たどり着けるのだろう

「そ　ら」

空にだって
ご機嫌ななめな日があります。
そんな日はいつだって
私たち片想いしている女の子の邪魔をします。

だって空って
神様なのだから

「星よりも」

たくさんの星が輝いている
この無限に広がる真っ黒な夜空に
「私が一番輝いているのよ」
そう言わんばかりに

このたくさんの星よりも
私の気持ちは大きく輝いているけれど
あなたが想っている　あの子への気持ちは
もっともっと大きく輝いているんでしょうね

どうしようもない恋だから
どうしようもなく解っていたけど
この想いの輝きは
この星よりも・・・

「願　い」

お互い笑っていようね　いつまでも
そうして
笑いあえる日が来たらいいね
そんな日を夢見ながら
お互い笑っていようね

「鎖」

いつまで好きでいれば
「君」という鎖から解放されるの？
心が締めつけられて痛いよ

ケンカをした
でも分かってほしい
もっとあなたを知りたいから
ケンカをするんだよ

「忘れることの出来ない音」

忘れられない人がいます
「好き」ではなくて
気になっている人

私から「さよなら」したのに
傷つけないように本音で「さよなら」したはずなのに
すごく傷ついた音が
忘れられないのです

「あなたへ」

好きじゃなかったら
あんな事　言わないよ
もっと分かり合いたいから
あんな事　言うんだよ

だから
「嫌いになった?」なんて
聞かないで

嫌いになるのが怖い
こんなにも好きな人を
いつか嫌いになる日が来るんじゃないかと思うと・・・

そう思うと　たまらなく怖くて
そうなるかもしれない自分が
ときどき他人に見える

「守りたかった想い」

こんな形で
あなたの心は欲しくなかった
わがままな女と思うかもしれないけど
自分でも気がつかなかった
本当に守りたかったのは
あの子の気持ちだったなんて
私の　想いだったなんて

「告　白」

あなたが好きです
ただ　それだけです
それすらも
許してもらえないのですか？

「叶わない」

その心の中には
誰が住み続けてるのですか？
私の居場所はありますか？
もしも居場所がないのなら
どうか　捨て猫を拾うような事は
なさらないで

「後ろ姿」

あなたが遠ざかっていくのが
窓ガラスに写った

後ろ姿がせつなくて
ふぅ、と　ため息を落とした

どうしてこの時　ため息を落としたのか
私　分からないな・・・

いつもいつも
あなたの後ろ姿　見ているのに

「願　い」

守らせてくれませんか？
あなたの心が傷つかないように
守らせてくれませんか？
その笑顔が消えないように
守らせてくれませんか？
今　この時を

「想　い」

私があなたを強く愛しても
届くことのない　恋

そんな恋は
この世から消えてしまえばいい

だけど
本当はそんな恋はないのかもしれない
私の想いが
きっとまだ　足りないだけ

「恋の証」

傷つかずに別れられるなら
とっくの昔に別れてるよ
傷つかずに失恋できるなら
とっくの昔に次の恋へ走ってるよ
私にちゃんとした別れを下さい
失恋させて下さい
あなたをこんなにも好きだった私を
証明させて

「アドレス帳」

アドレス帳にあなたの名前を載せたとき
少し照れるような気分がした
そして
この恋を守るように
誰にも見られないよう　そっと　アドレス帳を抱きしめた

「純粋な瞳に罪を感じる私」

その瞳に
ときどき自分の罪深さが写る
無力なあなたを　責めてる私

自分を基準に考えるのは
もう止めにしよう

「ありがとう」

ちゃんと理由を言ってくれてありがとう
あなたのこと大好きだけど
あなたを幸せに出来るのは私じゃないんだね

あなたは私にたくさんの勇気をくれた
だから　ありがとう
辛いけど　ありがとう
がんばった私にも　ありがとう

私は弱いから
今にも
瞳から透明なビー玉が
いっぱいこぼれ落ちそうです

その涙
次の恋のために
流しませんか？

☆あとがき☆

あとがきです。自分で「あとがき書いても良いですか？」と担当者様に言ったくせに、何を書いていいのか分からず迷ってます(苦笑)

詩と出会ったのは14才の頃でした。クラスメートの女の子が書いてたんですね。その彼女に影響されて書きはじめました。だいたい約2年間書きつづけて、ノートの数は7冊。この本の詩も半分くらいは7冊のノートからです。

恋愛をテーマにした詩だったわけですけど、どうでしたか？
私は詩を書くとき、常に誰かの心に響いたり、共感してもらえると良いな～と願いにも近いような気持ちで書いています。あなたの心に何か響いたなら嬉しいかぎり♥

最後になりましたが、この本を手にとってくれたあなた、文芸社のスタッフの皆さま、そして私を支えてくれたたくさんの仲間達。本当にありがとう。これがゴールではなくスタートであれば嬉しいんだけどなぁ。また皆に会えることを心から願って――。　またね♪

平成14年2月某日

佐藤蘇菜香

著者プロフィール
佐藤 蘇菜香（さとう そなか）

1976年7月27日生まれ。
岡山生まれの岡山育ち。
現在ふたりのおうじ相手に子育て奮闘中。
趣味はライブに行くこと。
好きな作家は日向章一郎、銀色夏生。
夢はカッコイイ母になること。

感想でも、なんでも、手紙を出したくなったら、この本にはさんである「ご愛読者カード」で送ってください。

*

佐藤蘇菜香個人ホームページ「こころのことば」
http://www.hpmix.com/home/ouji/

こころのことば

2002年4月15日　初版第1刷発行

著　者　佐藤 蘇菜香
発行者　瓜谷 綱延
発行所　株式会社文芸社
〒160-0022 東京都新宿区新宿1-10-1
電話 03-5369-3060（編集）
03-5369-2299（販売）
振替 00190-8-728265

印刷所　東洋経済印刷株式会社

ISBN4-8355-3641-X　C0092